KB062095

나약한 사람이라
상처받는 게 아니다

나약한 사람이라 상처받는 게 아니다

초판 1쇄 인쇄일 2023년 05월 02일
초판 1쇄 발행일 2023년 05월 12일

지은이 김유림
펴낸이 양옥매
디자인 표지혜
마케팅 송용호
교정교열 인'사이시옷

펴낸곳 도서출판 책과나무
출판등록 제2012-000376
주소 서울특별시 마포구 방울내로 79 이노빌딩 302호
대표전화 02.372.1537 **팩스** 02.372.1538
이메일 booknamu2007@naver.com
홈페이지 www.booknamu.com
ISBN 979-11-6752-314-3 (03810)

김유림 힐링 메시지

나약한 사람이라
상처받는 게 아니다

김유림 지음

어떻게 해야 될지 몰라 방황하는 내가 나에게

누구에게나 시련은 찾아온다.

나에게는 20대부터 최근까지가 그랬다.

아니, 어쩌면 현재 진행형일지도 모른다.

네 번의 수술과 한 번의 심정지. 여기저기 병들었음에도
약조차 마음대로 먹지 못하는 체질.

회복은 더디었고, 이 과정은 몸뿐만 아니라 나의 마음까지
좀먹어버릴 정도로 지난했다.

일상으로 돌아오는 길이 나에게는 머나먼 여정일 것만 같
았다.

남들보다 더 많이 방황했다. 실패도 많았다.

주변의 수군거림으로 상처도 받았으며, 나에게만 세상이 왜 이리 야박하냐고 절망도 했다.

그런 주제에 자존심은 쎄서, 동정어린 시선이나 걱정하는 말 한마디 듣는 것이 싫었다. 나 때문에 고생하는 가족들에게도 미안했다.

그럼에도 불구하고 나는 살고 싶었다.

자유롭게 살고 싶고, 건강하게 살고 싶었다.

그냥 마음껏 살면서 행복해지고 싶었다.

무력한 나는 그래서 수시로 되뇌었다.

사는 대로 생각하지 말고, 생각하는 대로 살자고.

나는 행복해질 수 있다고 말이다.

때때로 방황을 하고, 자괴감에 빠지기도 한다.

결과적으로 자존감은 떨어졌고, 정신을 갉아먹도록 방치됐다. 타인이 해주는 충고는 그리 효과적이지 않았다.

그러지 말아야 한다는 걸 알면서도 생각처럼 되지 않는다.

　　　　　　　　나약한 사람이라 상처받는 게 아니다

타인의 도움은 부수적인 것일 뿐, 결국 본질은 나다. 스스로를 믿고 나아갈 수밖에 없다는 걸 깨닫게 됐다. 하지만 스스로를 믿는 것조차 막연할 때가 있다.

누구에게나 방황은 찾아온다.
나와 같은 방황을 하고 있을 또 다른 나와 지난한 내 방황의 순간들을 함께하고 싶다.

삶이 힘들 때,
내가 나에게 건넨 위로가
또 다른 누군가의 것이 될 수 있기를 바라면서.

저자 올림

차
례

2장 거절해도 괜찮아

3장 찌질해도 괜찮아

4장 더뎌도 괜찮아

5장 너라서 다행이야

자신이 해낸 것을 즐기는, 그리고 자신이 하고 있는 것을
즐기는 사람은 행복한 사람이다.

_괴테

1장

부족해도 괜찮아

눈 감아

때로는 눈 감고 나아가는 것도 한 방법일 수 있는 걸.

실패와 마주하고 더러운 기분으로
"아, 난 이제 어떻게 해야 할까?"
하루하루를 고민하지만 떠오르는 게 없어서
어찌할 바를 모를 때가 많지만 괜찮아.

세상에서 외롭게,
오롯하게 나 홀로만 실패를 경험한 것 같겠지만
실패 없는 인생은 없잖아.

나약한 사람이라 상처받는 게 아니다

모두가 성공한 인생을 살고 있는 것 같겠지만

우리가 듣는 성공은

그저 무수히 많은 과정 중에 극히 일부일 뿐.

모두가 각자의 실패를 마음속에 숨기고 있을 뿐이야.

실패가 실패로 남을지

성공의 과정이 될지를 결정하는 건

이후의 내 행동에 달려있는 거잖아.

그러니까 실패라 해도

그건 실패가 아니라 과정일 뿐이야.

그냥 눈 딱 감고, 하고 싶은 대로 해버려.

틀린 게 아니라 다른 거야

차이를 차별하지 마.

남들과 내가 다른 행보를 보인다는 이유로
나를 모난 놈이라고 비난해도 좋아.

모났다고 비난하는 사람은
자기만의 세계에 빠져서
그 이상의 세계가 있다는 것을 모르는 거야.

나는 모난 게 아니라

남들과 다른 생각을 하는 것뿐이야.

모난 놈은 돌 맞는다고
내게 무난한 둥근 돌이 되라고
세상은 강요하지만 말이야.

내 생각은 달라. 틀린 게 아니라
그저 다른 생각을 갖고 있는 것뿐이야.

내가 모난 것?
그까짓 게 뭐라고.

다름을 인정하지 않고
좁은 세상에 사는 이들로 인해
내가 움츠러들 이유가 없는 거야.

가능성을 외면하지 마

현실적이지 못하는 말로 하던 일을 체념하진 마.
나중의 일은 아무도 몰라.

사회에서는
감정보다는 이성이라고

세상은 나에게
감정을 앞세우지 말라고 강요하지만

내가 사는 곳은
기계가 사는 곳이 아니라

나약한 사람이라 상처받는 게 아니다

사람이 사는 곳인 걸.

냉철함보다는 따뜻함을,
이성보다는 감성을 가지고
판단해도 돼.

해야 할 것 보다는
하고 싶은 걸 찾자.

당장 살기 힘들다고
미래에 내가 하고자 하는 걸
이성적이고 현실적이라는 말로
포기하지 말자.

망한 건 아니잖아

성공으로 나아가는 과정일 뿐인 거지.

간절히 원하지만 어쩔 수 없어서
눈물을 머금고 포기할 때가 있어.

무엇을 어떻게 해야 될지 알 수 없고
고민만 깊어져서
눈물을 흘리기도 하지.

그거 알아?

나약한 사람이라 상처받는 게 아니다

내가 웃거나 울어도 내일은 온다는 거.

내 일을 하다보면
나는 어느 새 내일에 가있고
또 다른 꿈이 내 앞에 있는 걸.

당장은 망했다 싶지만
실패가 될지
다음의 과정이 될지를
가늠하는 건
남이 아니라 나야.

실패는 무서운 게 아니야

실패한다고 인생이 절단나지도 않아.

실패가 무서워 선뜻 시작하지 못하는데
자꾸 머릿속에 아른거리곤 해.

이제와 다시 시작하려니
내가 했던 그동안의 노력은 뭐였을까?
그동안의 노력이 아무것도 아닌 것 같아서
실패한 것들만 떠오르는 거야.

그동안의 실패가 무서워서

나의 노력이 아무 것도 아닌 것이 될까봐서

새로운 시작조차 안하면 어떻게 될까?

옛날에 집집마다 장을 담글 때 말이야.

어느 집은 쿰쿰하고

어느 집은 달달하고

어느 집은 짭짤하고

집집마다 장맛이 다 달랐대.

어느 집은 간단한 재료만 넣기도 하고

어느 집은 자기들만의 특별한 재료를 넣기도 했지.

이렇게 서로 다른 집들의 장은

손이 많이 가고 담는 과정이 복잡할수록

특별한 맛을 내는 경우가 많았대.

인생은 길고 종착역까지 가는 동안에

저마다의 방식과 과오가 있는 게 당연해.

미흡하다고 실패했다고
내 인생이 중단되지는 않아.

그 모든 것이 응축되어
내 인생의 그림이 되는 걸 테니까.

나약한 사람이라 상처받는 게 아니다

06
—

남들처럼?

남들은 다 좋아 보이겠지만 보이는 게 전부는 아니야.

다른 사람들은 나와는 다르게 너무 행복해 보여.

나도 남들처럼 행복해지고 싶었는데……

남들 하는 대로 공부하고

남들 하는 대로 대학에 가고

남들 하는 대로 취업을 하고

남들 하는 대로 결혼을 하면 정말 행복해질까?

아니.
절대 아니야.

행복하게는 보일지 모르겠지만
그들도 고민했어.
그들도 나처럼 내적 갈등을 겪은 후에
그곳에 가닿았을 거야.

하고 싶은 게 뭔지도 모른 채 공부만 하고
하고 싶은 게 뭔지도 모른 채 대학에 가고
하고 싶은 게 뭔지도 모른 채 취업을 하고
결혼할 때가 됐다는 이유로 결혼을 하는 게
행복으로 이어지는 건 아니잖아.

남의 말만 듣고
남이 하는 대로 따라하는 것은 하지 마.

나는 나를 위해서 살아야지.

나약한 사람이라 상처받는 게 아니다

07

헛된 건 없어

언젠가는 다 피가 되고 살이 될 거야.

내가 하는 일에 확신이 서지도 않고
내가 잘 하고 있는지도 모르겠고
뭘 해야 될지도 모르겠어서
도무지 마음을 잡을 수가 없어.

비록 지금은 하루하루 고민하고
방황의 연속이지만
사람이라면 누구나 다 고민이란 것을 해.

그러니까 내 고민의 시간들이
결코 헛되지 않다는 걸 믿자.

지치고, 힘들고, 포기하고 싶지만
내가 하고자 한다면
주변의 시선 같은 건 의식하지 말자.

모든 사람에게 인정받을 필요도
모든 사람에게 인정받아야할 이유도 없잖아.

다른 사람은 신경 쓰지 마.
내가 나를 인정하면 그걸로 된 거야.

나약한 사람이라 상처받는 게 아니다

08

—

인생은 항상 계획 밖에서

내 계획대로 인생이 굴러가지 않아도 괜찮아.

내 인생을 살겠다고
꿈만 보고 사는 나에게
어른들은 인생 선배라는 이유로
공공연하게 호구조사를 하곤 해.

앞으로 뭐할 거냐
결혼은 언제 하냐
취업은 어디 할 거냐

월급은 얼마냐

집은 자가냐

등등.

내가 물으면 그들은 떨떠름할 게 분명한데

그들은 아무런 생각도 없이

그저 선배라는 이유로

걱정돼서 하는 말이라며

무지성의 질문들을 뱉어내.

그런데 말이야,

괜히 걱정해주는 척 이러쿵저러쿵 간섭하고

쓸데없는 것들을 묻는 사람들을 보고 있자면

'내가 뭔가 잘못 살고 있나?'

그런 고민하게 되고

때로는 없던 강박이 생기기도 해.

그들은 그저

나약한 사람이라 상처받는 게 아니다

남 일에 간섭하는 것을 좋아하는 것뿐인데.

나를 진심으로 걱정해 주는 사람은
쓸데없는 호구조사 따윈 하지 않아.
어설픈 충고로 나를 간섭하려 들지 않아.
나를 믿어주고 바라봐주고
내 마음이 상할 말도 하지 않아.

나는 그냥 잘 먹고, 잘 자고
아픈데 없이 건강하게
내가 정한 인생 계획에 따라 살면 돼.
계획이 어긋나더라도 그냥 살면 돼.

그거면 족하지 않을까 싶은데.

09

아무렴 어때

어차피 해야 될 일이면 앞장서서 해보자고.

살다보면 하기 싫어 미칠 것 같은데
해야 될 때가 있더라고.

쫓든지
쫓기든지
둘 중 하나는 해야 될 것 같다는 생각을 하곤 해.

어차피 할 거라면

나약한 사람이라 상처받는 게 아니다

먼저 해보자는 마음으로 무언가를 시작하지.

그러다가 시행착오를 겪기도 해.
남들은 실패라고 말하기도 하지.

그런데, 그게 뭐 어때서?
빚도 자산이라는 말이 왜 있겠어.

인생에서의 시행착오는
부채를 감당하는 과정일 뿐이야.
그 부채를 다 갚고 나면
종국에는 내 인생의 자산이 되겠지.

명심해!
나는 실패가 아니라
시행착오라는 자산을 얻은 것이라는 걸.

10

내가 한 건 소중히 여길 거야

그게 곧 나 스스로를 소중히 여기는 길이니까.

자신의 노력으로 이룩한 삶이

누구보다 반짝이고 특별한 것 같아

스스로가 자랑스러웠지만

가끔은 스스로에 대한 자부심이

타인을 찌르게 될까 봐 무섭기도 해.

하지만 무섭다고 아무것도 하지 않을 수는 없어.

나약한 사람이라 상처받는 게 아니다

때로는 잘될 수도, 잘못될 수도 있잖아.

나도, 타인도 좋은 일만 겪는 건 아니잖아.

타인의 반짝거림은

그들의 작은 노력들이 모이고 모여

지금에서야 빛나게 된 것이지.

그들 역시 많은 고비가 있었다는 것을

모르는 바가 아니잖아.

그러니 조금만 더 기다리고 조금만 더 해보자.

주변의 빛이 내 것에 비해 너무 밝아서

얼핏 보면 아무것도 아닌 것 같을지 모르지만

그 반짝임이 모이면 예쁘게 빛날 거야.

그들의 노력이 내는 빛을 인정하지 못하면

언젠가는 빛나게 될 나의 노력도

인정받지 못할 수 있다는 걸 알잖아.

모든 빛이 꺼지고 나서야

그것을 깨닫게 되는 상황을 만들지 말고

더욱 더 빛을 내 보자.

한 번 깨진 잔은 도로 붙일 수 없고

시들어서 떨어져 버린 꽃잎은 되살지 못하니까.

지금 내가 가진 작은 빛들을 소중히 여기자.

나약한 사람이라 상처받는 게 아니다

11

내일을 위해 오늘을 포기할 순 없지

나는 행복할 거고, 나를 행복하게 만드는 것들을 하면서 살 거야.

우리는 각자의 위치에서 내일을 위해 살고 있어.

때로는 높은 위치에 있을 수도 있고
때로는 낮은 위치에 있을 수도 있지.

돈이 있으면 어떻고 또 없으며 어때.

얼굴이 예쁘든지 못생기든지

학력이 높든지 낮든지
몸매가 좋든지 말든지.

내가 어떤 상황이든 간에
인간은 누구나 행복할 권리가 있고
인간이라면 누구나 행복할 자격이 있어.
인간이라면 누구나 다 그래.

나는 완벽한 사람은 아니니까
때로는 못난 모습을 보일 수도 있겠지.
실수가 많을 수도 있겠지.

그렇다고 해서
내가 가진 행복할 권리와
앞으로 누릴 행복에 대한 자격이
사라지는 건 절대 아니야.

그러니까 나는 스스로를 비하하지 않을 거야.

나약한 사람이라 상처받는 게 아니다

내일을 위해 오늘을 포기하지도 않을 거야.

나는 행복하고,
행복하게 만들어주는 것들을 하면서 살 거야.
나는 그렇게 행복해질 거야.

타인을 위해서도.
나 스스로를 위해서도.

12

나는 못난 사람이 아니야

비록 타인의 시선에는 부족해 보여도 중요한 건,

내가 어떤 사람인가를 스스로 안다는 사실이지.

나는 언제나

무엇 하나 잘하는 게 없다고

스스로를 걱정하고는 했어.

누군가는 나에게 말했어.

얼굴이 별로면 공부라도 잘해야 하고

성격이 별로면 얼굴이라도 예뻐야 한다고.

나약한 사람이라 상처받는 게 아니다

그 말에 상처를 받기도 했지만

상처 주는 말을 한 사람보다

상처받은 나 스스로가 더 미울 때가 많았어.

성격도 고만고만,

성적도 고만고만한

특출 난 그 무엇을 가지지 못한 나 자신이 싫었으니까.

지금은 그런 말을 한 사람도,

그런 말을 한 사람에게 상처받은 나도

틀렸다는 걸 알아.

꼭 특출 난 무엇인가가 있고,

1등을 해야지만

행복한 건 아니더라고.

소소한 현실 속에서

소소한 행복을

행운으로 바꾸면 되는 거더라.

누군가에겐 내가 '못나 보이는' 사람일 수는 있겠지만
그렇다고 해서 내가 '못난' 사람은 아니었어.

그러니까 타인의 시선에 '못나 보인다'고
나 스스로를 '못났다'고 비하할 필요는 없어.

공부를 잘했다고 현명한 게 아니고
지식이 늘었다고 유식한 게 아니며
나이를 먹었다고 모두 어른인 것은 아니듯이.

무엇보다 중요한 건
외모도 아니고, 성적도 아니야.

스스로가 생각하는 내가
어떤 사람이냐는 거지.

나약한 사람이라 상처받는 게 아니다

세상에는 정도가 지나치면 안 되는 여덟 가지의 것이 있다.
여행과 여자친구와 돈과 일과 술과 잠과 약과 향료이다.

_탈무드

2장

거절해도 괜찮아

01
—

거절해도 괜찮아

싫은 건 싫다고 말하는 거야.

내가 싫어하는 걸 누군가가 부탁해올 때
매정하다 싶을지라도 그냥 거절해.

거절해버려.

남들이 손가락질 할 거라는 생각에
꾸역꾸역 할 수도 있어.

나약한 사람이라 상처받는 게 아니다

그래도 가장 소중한 건 나 자신이잖아.

가장 소중한 나 자신을 위해서라도
거절을 어려워하지 마.

우리는 익명의 사회에서 살고 있고
언젠가 헤어지게 될 텐데
언젠가 헤어질 타인을 위해
가장 소중한 나를 힘들게 할 필요는 없어.

내 감정을 입 밖에 내지 않으면
아무도 알아주지 않아.

그러니 스스로를 힘들게 하지 말고
싫으면 싫다고 거절하고 해.
거절해도 괜찮아.

연꽃은 진흙탕에서 핀다

쥐구멍에도 볕이 뜬다니 내 인생에도 볕 뜨는 날이 올 거야.

때로는 스스로가 별 것 아닌 것 같아서 화도 나겠지.

나중에는 어쩔 수 없다고 포기하고 싶을 수도 있어.

취업이나 진학을 위해

하기 싫어도 무언가를 해야만 했고

앞으로 더 많이 하게 될지도 몰라.

하지만 연꽃은 진흙 속에서 피어나잖아.

비록 나의 현재가, 나의 미래가
진흙탕처럼 암울하고 어두울지 모르지만
나는 행복해질 거야.

나는 행복하기 위한 과정에 서있을 뿐이야.

마라톤에 결승점이 있듯
언젠가는 나의 행복을 찾을 거야.
꼭 행복해질 거야.

그러니까 절망에 몸을 맡겨
스스로를 망치지는 말자.

03

나도, 남도 항상 좋은 말만 할 수는 없어

그냥 한 귀로 듣고 한 귀로 흘리는 것도 하나의 방법이지.

세상에서 내가 제일 힘든 것 같고
다른 사람들은 좋은 일만 있는 것 같고
그래서 스스로가 제일 불쌍한 것 같지만
각자 힘든 일이 있더라.

그래서 누군가가 나를 사랑하고 좋아해도
항상 좋은 말만 해줄 수는 없었던 거야.

나약한 사람이라 상처받는 게 아니다

완벽한 부모도,

완벽한 친구도 존재하지 않아.

누구나 완벽할 수는 없으니까.

너무 힘들어서 혼자인 것 같겠지만

나는 절대 혼자가 아니야.

나의 인생을 길가의 돌멩이 취급하지 말자.

그러기에 나는

너무나 소중한 사람이니까.

되는대로 사는 게 왜 나빠

좋은 말만 하려고 애쓰지도 말고,

나쁜 말을 안 하려고 애쓸 필요도 없어.

세상은 나에게 바르고 예쁜 말을 쓰며 살라지만

현실이 그리 예쁘지만은 않아서

예쁜 말만 할 수가 없더라고.

그래서 욕도 해보고, 흉도 봐보고, 불평도 해봤어.

하지만 그래봐야 소용이 없었어.

바뀌는 건 아무것도 없더라.

나약한 사람이라 상처받는 게 아니다

내가 나쁜 말을 한다고
현실이 예뻐지는 건 아니더라고.

나쁜 말을 뱉고 난 직후에는 후련했지만
그 말이 또 다시 나에게 돌아오더라고.

내 감정을 계속 속이는 건
내 마음이 너무 피곤했어.

그래서 난 틈틈이 예쁜 말도 쓰고, 나쁜 말도 써 가며
되는대로 살아보려고 해.

세상이 마냥 예쁘지는 않지만
그렇다고 세상이 마냥 밉지만도 않으니까.

—

모두를 이해할 필요는 없어

똑같은 사람이 되어 같이 욕먹는 건 싫어.

이해할 수 없는 사람을 억지로 이해하려 했어.

아무리 생각해도 이해할 수가 없는데

이해하려고 애를 썼지.

그래서 곰곰이 생각을 해봤어.

똑같은 사람이 되지 않는 한

그 사람을 이해할 수 없겠더라.

그와 똑같은 사람은 되고 싶지 않았어.

이해를 해야 똑같은 사람이 될 텐데

이해할 수 없는 놈과는

똑같은 사람은 될 수도 없겠더라고.

물론 그 당시에는

속이 터지고 화가 났지.

하지만 나의 분노가

이해할 수 없는 그 사람과

다르기 때문이라고 생각하니까

화를 낼 필요가 없더라.

그리고 진실은 언제나 드러나.

결국 알 사람은 다 알게 되더라고.

이해할 수 없는 그놈과는 달리

나는 타인에게 이해받을 수 있는 사람이고,

공감 받을 수 있는 사람이잖아.

그렇게 위안을 삼기로 했어.
그것 역시 나만의 착각일 수 있지만
그래도 괜찮아.

똑같은 사람이 되어
같이 욕먹는 건 싫으니까.

나약한 사람이라 상처받는 게 아니다

06
—

거절이 범죄는 아니잖아

자신의 감정에 정직하기가 때때는 몹시 어려워.

남의 부탁을 거절하기는 참 힘들어.
거절할 땐 죄책감마저 들기도 해.
그렇다고 거절이 나쁜 건 아니잖아.

당장은 서운해 하겠지만
욕을 할지도 모르겠지만
솔직하게 말하는 게 좋아.

거절을 못하는 사람은

자신의 감정을 속여 가며

타인까지 속이는 행동을 하게 될 수도 있잖아.

거절할 수 있는 사람은

자신의 판단과 상식을 우선순위에 두고

스스로에게 부끄럽지 않은 삶을 살기 위해 노력하지.

그러니 거절이라는 건

스스로의 감정을 속이지 않는 방법이고,

타인을 돕는 책임감보다

스스로에 대한 책임감을 우선시 하는 과정일 뿐

절대 나쁜 게 아니야.

거절은 범죄가 아니야.

아닐 땐 주저 없이 거절해버려.

당당한 거절은 책임감 있는 행동이 될 테니까.

나약한 사람이라 상처받는 게 아니다

07

행복의 조건을 결정하는 건 누구?

타인의 시선에 나를 맞춰 살지는 말자.

어른들한테 배운 행복의 조건은

열심히 노력해서

자기 분야에서 성공하고

좋은 사람 만나서 가정을 꾸리라는 거였어.

하지만 그들의 말은 나에게 통하지 않더라.

꼭 자기 분야에서 성공하지 않아도

행복할 수 있고,
좋은 사람 만나 가정을 꾸리는 것만
행복의 조건은 아니더라.

누군가는 그저 살아가는 것이
누군가는 그저 타인과 마주하는 것이
행복일 수도 있어.

하지만 나에게는 그것이
행복의 조건이 아닐 수도 있어.

남들이 봤을 때 행복해 보이고
아무런 걱정이 없을 것 같아도
누구에게나 걱정은 있고,
타인의 시선이 나의 행복을
결정해 주지는 않더라.

내 행복은 남이 찾아주는 게 아니니까.

나약한 사람이라 상처받는 게 아니다

그러니까 나는

남이 맞추어 놓은 행복의 조건이 아니라

내가 원하는 행복의 조건에서 살 거야.

마음의 상처

내게 상처를 준 사람은 나를 걱정한 게 아니야.

정말 걱정하는 사람은 상처를 주지 않더라고.

나를 걱정하는 마음으로 해준 누군가의 말이

그대로 상처가 되어 돌아왔는데

그 사람은 나쁜 사람이 아니라는 걸 알기에

그 사람에게 말 한마디 제대로 하지 못한 채

상처를 그대로 가슴에 묻어둘 때가 있어.

그럴 때면 나는 스스로에게 말하지.

걱정하는 마음에 한 말인데

내가 너무 예민하게 받아들인 거라고 말이야.

하지만 말이야.
살다보니 나를 진짜로 걱정해주는 사람은
걱정이 된다는 이유로
나에게 상처를 주는 말을 하지 않더라.

자기 마음에 차지 않는다는 이유로 감정을 섞거나
걱정이 된다는 말로 포장하지도 않더라.

그러니까 상처 주는 말을 한 사람을 감싸느라
스스로를 탓하지는 말자.

안타깝지만 세상에는
걱정된다는 말만 붙이면
무슨 말이든지 해도 된다고 생각하는 사람이 많잖아.

걱정된다는 말만 붙이면

무슨 말이든지 해도 된다고 생각하는 사람에게
내 마음을 쓰지는 말자.

제발 그런 쓸데없는 마음은 쓰지 말자.

그거 아니더라도
세상에는 마음 쓸 일이 얼마든지 있으니까.

나약한 사람이라 상처받는 게 아니다

09

사람 간의 치유

사람 때문에 받은 상처는 사람으로 잊히더라고.

누군가에게 받은 상처 때문에

또 다시 상처받을까 봐 무서워서

사람에게 다가가지도 않고

다가오는 사람에게도 냉정할 때가 있어.

다시 용기를 내야한다는 건 알지.

하지만 사람 마음이라는 게 마음대로 되지 않더라.

그래서 더 갈팡질팡, 어찌할 바를 모르겠더라.

사랑은 다른 사랑으로 잊히듯
사람에게 받은 상처는 다른 사람으로 치유되더라.

다시 상처받을까 봐 무섭고 두렵지만
사람 때문에 받은 상처를 낫게 하려면
다시 사람과 어울리며 치유하는 수밖에 없더라고.

물론 또 다시 낸 용기가
좋은 결과로 이어지지 않을 수도 있겠지.

그래도 우리는 사람이고, 혼자 살아갈 수는 없잖아.
숨지 말고 다시 또 용기를 내보자.

나약한 사람이라 상처받는 게 아니다

10

나이에 나를 맞추지 마

나이를 먹어서 안 되는 건, 어린이 런치세트를 먹는 것 밖에 없어.

지금까지의 일과 다른 일을 도전하려는 나에게
사람들은 말했어.

네가 지금 나이가 몇인데,
이제 와서 다른 일을 하려고 하냐고.

이런 주변의 시선 때문에
나이를 먹을수록 나의 행동반경은 좁아졌지.

주변의 곱지 않은 시선 때문에

나는 스스로의 꿈보다는

타인의 기준에 맞춰 계획을 세우고는 했어.

심지어는 옷을 고를 때마저

입고 싶은 옷이 있어도

나이에 맞지 않는다는 이유로 포기해야 했지.

하지만 말이야.

나이를 먹었다는 이유로 안 되는 게

늘어나는 게 아니라,

그저 나이를 먹었다는 이유로 안 되는 이유를

만들고 있는 것뿐이야.

그러니까 나는

나이를 먹어서 안 되는 건

어린이 런치 세트 사먹는 것 밖에

없다고 생각하면서 살려고 해.

항아리의 겉만 보지 말고
그 안에 담긴 내용물을 봐야한다.

_탈무드

3장

찌질해도 괜찮아

찌질해도 괜찮아

찌질하게 보여도 내게 절실하다면 어쩔 수 없지.

실패가 거듭되고
실낱같은 희망조차 보이지 않아
절망할 때도 있어.

때로는 내가
너무 미련한가, 쿨하지 못한가?
고민이 될 수도 있지.

나약한 사람이라 상처받는 게 아니다

좀 미련해도, 좀 쿨하지 않아도
심지어 아주 많이 찌질해도 괜찮아.

미련할 때도
쿨하지 못할 때도
심지어 아주 많이 찌질한 때도 나는 나일뿐이야.

연애하다 헤어질 때도
꿈을 꾸다 실패할 때도
찌질하다 싶게 미련을 떠는 건
그만큼 절실했다는 뜻이니까.

차라리 핑계대고 도망쳐

힘든 것보다 쉬어가는 게 더 나을 수 있으니까.

마음 한구석을 오래도록 방치하다가
커다란 짐 덩어리가 되어버렸어.
그 사실을 깨달았을 때,
이미 너무 커다래져서 어떻게 해야 될지 난감했어.

세상은 바뀌지 않고
꿈은 사치라고 생각했어.
생각의 끝에서 스스로를 탓하지만

나약한 사람이라 상처받는 게 아니다

그럴 필요 없어.

세상을 탓할 필요가 없어.

스스로를 원망할 필요도 없어.

힘들면 울고

지치면 소리치고

화나면 자리를 박차고 나와 버려.

자신을 학대하지 말고 차라리 핑계를 대버려.

상처가 상처인 줄 모르게 되기 전에.

범인을 찾지 마

사건의 원인을 파악하는 게 더 중요하지.

무슨 일이 있을 때

원인을 찾아 파악해야 하는데

범인을 찾아 헤매다 보면

해결되는 것 같아 보이겠지만

그저 그때뿐이고

또 다른 문제가 발생해.

범인을 원망하고

나약한 사람이라 상처받는 게 아니다

범인을 혐오하는 것보다

원인을 파악하고

원인을 해결하는 게 낫더라.

난 안 좋은 일이 반복되는 걸 원하는 게 아니야.

안 좋은 일이 반복되지 않게 해결하고 싶은 거니까.

범인보다는 원인을 찾아보자.

또다시 같은 원인으로

같은 결과를 맞이하고 싶은 건 아니니까.

04

—

소리가 전하는 힘

뱉은 말은 소리일 뿐일 수 있지만 그 말에 상처를 입는 사람이 있어.

타인과 대화를 나눌 때면,

친교가 목적이 되기도 하고

정보교환이 목적이 되기도 하며

그저 웃기 위한 환담이 되기도 해.

문제는 아무 생각 없이 한 거짓된 말과

사실이 적당히 뒤섞여버릴 때가 있다는 거야.

나약한 사람이라 상처받는 게 아니다

마치 모든 것이 진실인 양 포장되기도 하고
거짓되었음에도 상처가 될 만한 말들이 오가기도 해.

말 속에 숨은 거짓말들이
누군가에겐 상처가 될 수도 있다는 거야.

사실이 아닌 말에 신경을 쓸 필요는 없겠지만
사실이 아닌 말을 옮기는 것에도 상처는 받지.

말을 내뱉는 사람은
진심이 아니거나 생각 없이 한 말일지 모르나
듣는 사람의 마음은 벌써 상처투성이.

그런 기억들이 있잖아.
한 가지만 기억해.
말에는 힘이 있다는 거.
상처는 머릿속에 박힌다는 거.

상대의 말이 진심이든 아니든 간에,

생각하고 말한 건지, 아닌 건지 간에

말이 밖으로 나온 순간, 그 말은 더 이상 의미가 없다는 거.

말은 함부로 하지 말자.

세상 모든 사람의 입을 막을 수 없으니

어쩔 수 없는 것인지도 모르지만

사실도 아닌 말로

남에게 상처를 주지는 말자.

본인에겐 대화일지 몰라도

남에겐 폭력이 될 수 있다는 걸 기억하자.

나약한 사람이라 상처받는 게 아니다

05

미련 남지 않게

마음껏 후회 없이 해보다 안 되면 그때 포기해도 늦지 않아.

현실이라는 두 글자에 나를 두면
몸이 편하다는 걸 아는데,
마음 한구석에 자꾸만 미련이 남아.

현실과 이상 사이에서
너무나 큰 격차가 있는 것도 알고,
격차를 줄일 수 없다는 것도 알지만
그래도 포기할 수는 없었어.

누군가는 미련하다고 비난하지만

포기하고 싶지는 않았어.

마음껏 버둥거리며 미련이 남지 않을 때까지

해보려고 해.

실패가 두렵다고

도전까지 두려워 할 필요는 없어.

아무 것도 안하고 미련 떠는 인생보다

실패해도 뭔가를 해본 인생이 더 좋을 거야.

나약한 사람이라 상처받는 게 아니다

06
—

기다리기만 해서도 안 되는 게 있다

떠먹여주고 싶어도 받아먹지 않으면 의미가 없는 걸.

갑자기 마주한 위기 앞에서
왕년에 잘 나갔던 시절을 떠올리며
기다릴 수도 있었겠지.

하지만 과거의 영광에 취한 자는 죽은 사람인지라
나는 하루하루 도전하는 산 사람이 되려고 해.

누구처럼 라떼만 마시며

과거의 영광에 취해 있지는 않을 거고,

스스로가 움직이는 삶을 살아보려 해.

나약한 사람이라 상처받는 게 아니다

07

입을 열어

모두를 만족시킬 수 없다면 오해라도 줄여야지.

반복되는 삶에서
때로는 지루함을 느끼고
때로는 싫증을 느끼기도 했어.

그런 나에게 누군가는
인생이 원래 지루한 것이라고
그런 생각을 왜 하냐고
비웃지 뭐야.

그래서 침묵했지.

그 자리에 오해만 쌓이고 쌓여

어느새 나는 이상한 사람이 되어 있더라고.

말을 해도

말을 하지 않아도

좋은 소리 못들을 바엔

답답한 것 보다는

입을 여는 게 낫겠다 싶어.

비웃음을 조금 사더라도

누군가에게 내 속내를 드러내는 게 나을지도 몰라.

사람은 혼자 살 수 없고

혼자가 되고 싶지도 않으니까.

모두를 만족시킬 수는 없겠지만

침묵으로 나에 관한 오해를 살 필요는 없어.

나약한 사람이라 상처받는 게 아니다

그러니 입을 열고

많은 사람들과 대화하려고 해.

08
—

혼자가 아니야

가만히 있으면 변하는 건 아무것도 없어.

그 당시는 너무 힘들었지만

어느 누구에게도 내색하지 않았어.

나 혼자 힘들면 되는데

남들까지 날 걱정하게 만들고 싶지 않았어.

내가 더 강해져야 한다고 여겼어.

혼자 이겨내지 않으면 안 된다고 생각했지.

내가 말하지 않아도 진심은 통한다고 생각했었어.

나약한 사람이라 상처받는 게 아니다

말하지 않으니 자꾸 오해만 생겨.

말하지 않으면 진심은 모르는 거더라고.

힘들면 혼자 끙끙대지 말고

누구에게라도 말하는 게 나아.

나 혼자 외딴섬일 것 같지만 나는 혼자가 아니니까.

내 탓이 아니야

너무 자책하고 살 필요 없어.

내 노력이 부족했나
내 능력이 부족했나
자꾸 내 모자란 것만을 찾는데 그러지마.

나보다 나아 보이는 사람도
나보다 못나 보이는 사람도
현재보다 더 나아지려고 노력하고
능력을 키우려 애쓰지.

나약한 사람이라 상처받는 게 아니다

나보다 나아 보이는 사람이 있다면

나보다 운이 좀 좋았던 사람이고

나보다 못나 보이는 사람이 있다면

나보다 운이 좀 나빴던 사람일 뿐이야.

안 좋은 일이 찾아와

결과가 좋지 않아도

그건 내 탓이 아니야.

그저 운이 조금 나빴을 뿐이지.

무심결에 돌 맞은
개구리는 되고 싶지 않아

타인의 말 한마디에 우왕좌왕하는 하지는 말아야지.

타인의 말에 상처받은 나는

때로는 우울했고

때로는 절망했으며

때로는 어쩔 바를 몰랐지만

꼭 타인의 말 때문만이 아니었더라고.

왜냐고?

나약한 사람이라 상처받는 게 아니다

그 사람은 나에게 말을 던진 게 아니라
허공에 말을 던진 것뿐이거든.

그 사람은 나를 잘 몰라.
나를 잘 모르는 사람이 허공에 던진 말에 다가가서 얻어맞
을 필요가 없더라고.

만약, 던져진 말에 빠져있다면
구렁텅이에 나를 빠뜨린 건 나 자신인 거야.

내 시간을 그런 놈한테 내주긴 아깝지.
원망하는 일로 시간을 허비하지 않으려고.

타인의 말 한마디에
내 인생이 왜 좌지우지되었다면
거기서 나를 구하는 것도 나일 수밖에 없어.

그러니 너무 오랫동안 허우적거리며

구렁텅이에 빠져 있지는 말자.

허공에서 돌 맞은 개구리가 되고 싶지는 않으니까.

나약한 사람이라 상처받는 게 아니다

11

술 마시는 이유

모든 일에는 다 이유가 있어. 그게 남 때문만은 아니더라고.

술을 마실 때마다 그 이유를 대곤 했어.

기분이 우울해서

기분이 좋아서

사람이 좋아서

사람이 싫어서

날씨가 좋아서

날씨가 꿀꿀해서

온갖 핑계를 대고 술을 마셨어.

그런데, 그거 알아?

모든 사람이

기분이 우울해서

기분이 좋아서

사람이 좋아서

사람이 싫어서

날씨가 좋아서

날씨가 꿀꿀해서

술을 마시지는 않더라고.

그래서 알았지.

내가 하는 행동에 자꾸만 이유를 다는 게

남탓을 하고 싶어서라는 걸.

내 행동이 타당한 것이 되도록

나약한 사람이라 상처받는 게 아니다

그 어떤 것에라도 핑계를 대고 싶었나봐.

하면 안 된다는 걸 알면서도

하면 안 좋다는 걸 알면서도

자꾸 핑계를 대고 남 탓을 했던 거야.

내 행동도

내 결정도 모두 내가 한 것인데.

12

심술부리지 않으려고

내가 안 된다고, 남도 안 될 거라고 단정 짓는 건 옳지 않아.

어린 시절에는
내가 안 되는 건, 남도 못하게 되면 좋겠다고
심술을 부리기도 했어.

내가 못하면, 너도 못한다고 생각하는 건
누군가에게 상처를 주고 망치려는 심술이더라고.

내가 할 수 없어 포기한 것에 대해

나약한 사람이라 상처받는 게 아니다

화가 나서 그 화를 다른 곳에 돌린 것뿐이더라.

그걸 알고 나니까, 내가 잘 되지 않는다고
타인에게 안 될 것이라고 하는 게
얼마나 부끄러운 심술인지 알게 되더라.

일말의 가능성을 가지고
다시 부딪히는 게 고되고 힘들어서
내가 누리지 못한 것을
남도 누리지 못하게 하려는 게
얼마니 부끄러운 짓인지도 깨닫게 되더라.

그러니까 내가 안 된다고, 남도 안 될 거라고
단정 짓거나 심술부리지 않을 거야.

13

―

크림 꽉 찬 슈크림 빵 같은 사람

겉보다는 속이 알찬 사람이 되어야지.

겉이 반들반들하고 색감이 선명해 산 과일인데
아무 맛도 없이 밍밍할 때
허무했던 경험이 있어.

반대로 겉은 좀 못생겼지만 그래서
저렴하게 산 과일을 별 기대 없이 먹다가
맛있어서 감탄했던 때도 있었지.

나약한 사람이라 상처받는 게 아니다

당연한 말이겠지만
전자보다는 후자가 더 기분이 좋았어.

사람도 마찬가지인 것 같아.

기대했던 사람이
기대만큼 하지 못하면 실망이 더 크고
별 기대하지 않았던 사람이
조금만 잘해도 기쁨이 넘치더라.

나는 행복해지고 싶어.
혼자보다는 같이, 더 많이 행복해지고 싶어.

그러니까 곱게 치장한 심술꾸러기가 아니라
말을 꾸미지는 못해도 진솔한 사람이 될 거야.

동그랗고 예쁜 사람보다
울퉁불퉁해도 속이 찬 사람이 좋으니까.

나 역시 슈크림 빵처럼

크림이 삐져나올 듯한 사람이 될 거야.

크림이 반쯤 찬 슈크림 빵보다

크림이 넘쳐 삐져나오는 슈크림 빵이 좋으니까.

나약한 사람이라 상처받는 게 아니다

14

자책하지 말자

사람은 누구나 후회를 한다.

나 역시 그런 사람 중 하나일 뿐이야.

사람은 누구나 생각하지.
후회 없는 인생을 살고 싶다고 말이야.

하지만 후회 없이 살고자 노력한다고
한 점 후회 없는 인생을 살 수 있다고 누가 그래?

내 인생만 고달프고

내 인생만 안타까우며

내 인생만 아쉬운 것 같아도

아쉽지 않은 인생이 어디에 있겠어.

사람은 누구나 후회를 하고,

나도 사람이니 후회를 할 뿐.

내가 특별히 못나고 부족해서

후회를 하는 게 아니야.

후회 좀 하면 어때?

내일 더 잘하면 되는 거지.

그러니까 사소한 실수에 자책하지 마.

나약한 사람이라 상처받는 게 아니다

15

—

상처는 누구나 받는다

내가 상처 받았다고 타인에게 상처를 주지는 말자.

내가 원해서 상처를 받게 된 건 아니지만
누군가 의미 없이 던진 말이나
악의어린 말 때문에 상처를 받을 때가 있어.

난 괜찮다고,
상처받지 않았다고 생각할지도 모르지.

하지만 세상을 살아가면서

이런저런 마음의 상처도 없이
사는 사람이 몇이나 되겠어.

사람은 누구나 다 상처받은 적이 있기 마련이고
그저 아무렇지 않은 척 살아갈 뿐이지.

상처는 내가 특별히 나약하고, 연약해서
생기는 게 아니야.

그저 피치 못할 상황 때문에
상처받은 일이 생겼을 뿐이야.

과거의 상처 때문에
때로는 화가 나거나, 움츠러들 수도 있어.

그렇다고 해서
내가 가진 상처를 가리기 위해
남에게 상처가 될 만한 말을 하지는 말자.

나에게 상처를 준 누군가를
욕할 수도 있고
비난도 할 수 있겠지만

적어도 내가 받은 상처를
다른 사람에게 그대로 돌려주지는 말자.

상처를 받은 건 내가 선택할 수 없었지만
상처를 주는 건 내가 선택할 수 있는 거잖아.

그러니까
내가 가진 상처를 치유하기 위해
나에게 상처를 준 그들과
똑같은 사람이 되지는 말자.

차라리 울어버려

울어서 될 일은 없어도, 울어서 풀 감정은 있더라.

꼬꼬마 어린아이도 아닌데
스트레스에 가득 차서
감정에 못 이겨서
몰래 혼자 울 때가 있어.

물론 누군가는
울어서 해결되는 것도 없는데
나이 먹어서 질질 짠다고 비난할 수도 있겠지.

나약한 사람이라 상처받는 게 아니다

쿨하지 못하게 왜 그러냐고 할지도 몰라.

하지만 울면 어떻고,
쿨(Cool)하지 못하면 어때?

풀지 못한 스트레스 때문에
병이 되는 것 보다는 낫지.
울어서 해결되는 일은 없어도
울어서 해결되는 감정은 있잖아.

그러니까 울고 싶으면 울어.

스트레스 받는 것보다
두 눈이 짓무르도록 울어버린 후
묵은 감정을 털어버리는 게 나으니까.

서두르지 말라.

그러나 쉬지도 말라.

_괴테

4장

더뎌도 괜찮아

요령은 없지만 잘하고 있어

느려도 좋아. 비록 느려도 나는 오래갈 거야.

직장에서의 나는
성실하고 노력하는 직원이었는데
성실함과 노력보다는
남을 잘 부리는 사람이 사회생활을 더
잘한다고 인정받아서
정말 더럽고 아니꼽더라.

남을 부리지 못해

나약한 사람이라 상처받는 게 아니다

요령이 없다는 소리를 들을 때마다
왜 나는 그러지 못할까, 고민했었거든.

그런데 말이야.
요령으로 인정받는 사람은
또 금방 뒤집어지기도 하더라고.

지금의 나는 비록 미생(未生)이지만
미래의 나는 완생(完生)일 거야.

그러니 걱정 마.

나는 잘하고 있고 앞으로도 잘할 거야.

02

의식하지 마

남이 바라는 나의 행복이 아니라 내가 원하는 나의 행복을 만들 거야.

집고양이가 좋은지

길고양이가 좋은지는

사람의 호불호에 의해 정해지지만

집고양이가 행복한지

길고양이가 행복한지는

사람이 정할 수 없는 거잖아.

나약한 사람이라 상처받는 게 아니다

내가 무엇으로 행복한지를 정하는 것도
같은 이치야.
내가 행복할 수 있는 길을 정하는 건
남이 아니라 나잖아.

남의 말을 참고는 할 수 있지만
남의 말로 결정은 할 수 없는 거야.

그러니까 나는
내가 행복해질 결정을 해야 해.

남이 보는 시선으로
내가 행복해지는 건 아니니까.

03

경험일지 실패일지는 아무도 모른다

나의 발자취를 결정하는 건 지금 당장이 아니라 30년 후가 될 거야.

누군가 말했어.

실패할 일이고, 쓸데없는 일이라고.

그러니 더 늦기 전에 포기하라고 말이야.

똥인지, 된장인지

꼭 먹어봐야만 아느냐고

비난을 받기도 했지.

나약한 사람이라 상처받는 게 아니다

지금의 내 경험이

실패가 될지, 과정이 될지는 아무도 몰라.

그들도 모르고 나도 모르는 일이야.

미리 포기할 일도 아니지.

실패했다고 해서 자책하지도 마.

다가오는 기회를 알지 못해서

또다시 전처럼

기회를 날려먹고 자책하지 말고

경험을 토대로 앞으로 주어질 기회를 잡아.

스스로를 원망할 필요는 없어.

아직 실패하지 않았으니까.

손절은 과감하게

남한테 나를 맞추다가 마음만 상하는 것보다 손절이 더 나을 수 있어.

세상에 일백 명의 사람이 있다면
그 일백 명 모두가 살아가는 방식은 모두 달라서
그걸 보고 있자면, 사는 게 대체 뭘까?
허망하게만 생각할 수도 있어.

왜, 나는 이리 발버둥치고,
왜, 나는 이리 애틋하며,
왜, 나는 이리 절실한 지를

나약한 사람이라 상처받는 게 아니다

아무리 생각해도 알 수가 없을 지도 몰라.

그건 이상한 게 아니야.

우리가 원하는 건 각자 같을 수 없고,
우리는 각자가 원하는 것을 향해서 가는 거야.
평생 잡힐 듯 말 듯, 잡히지 않는
평생의 난제를 풀기 위해 일생을 살아가는 거야.

물론 때로는 잡힐 듯 잡히지 않는 난제에
허망함을 느낄 수도 있겠지.

세상은 나의 사정 따위는 알아주지 않아.
인생이 허망하게 느껴질지라도.
나 빼고도 잘 돌아가는 세상을 보며
가슴을 치며 억울함을 가질 지라도.
절대 스스로의 인생을 과소평가하거나 재단하지 마.

내 마음이 우울하고 속이 터져도

야속한 세상은 그대로 일 테지만

그래도 포기는 하지 마.

세상은 나에게 불합리하고

그래서 또 억울할 테지만

그 와중에도 시간은 갈 거야.

그러니 그렇게 시간에 몸을 맡겨.

곱절로 보상을 받을 것이라고 스스로를 달래.

분명, 잘 해결될 거야.

그렇게 믿고 살자.

나약한 사람이라 상처받는 게 아니다

05
—

저마다의 속도

아침에 가도, 저녁에 가도 길은 그대로 있을 테니 조바심 갖지 마.

여기 누구나 다니는 길이 하나 있어.

누군가는 빠른 걸음으로 그 길을 갈 테지만
누군가는 느린 걸음으로 갈 수도 있어.
길 끝에서 누군가는 눌러 앉을 수도 있겠지만
또 누군가는 왔던 길을 되돌아가기도 해.

나는 내가 지나가야할 시간에

그 길을 가게 되는 것뿐이지.

남들이 지금 가도
나는 좀 늦게
이용할 수도 있는 거야.

인생이라는 길 위에서
나를 남과 비교하지는 말자.

나약한 사람이라 상처받는 게 아니다

06

나는 힘을 비축 중이야

비축한 힘을 기회가 왔을 때 잡는데 쓸 거야.

왜 나는 제자리인 걸까.
아무리 고민하고 노력해 봐도
현실은 바뀌지 않는 것 같아서 속상하겠지만
그래도 절대 포기하지 마.

대나무는 5년 간 거의 자라지 않고 있다가
5년이 지나는 시기가 되면
하루에 1미터씩 폭발적인 성장을 한대.

나는 열심히 했고

대나무처럼

하루에 1미터씩 자랄

그날을 위해

힘을 비축하고 있는 거야.

그 힘을 쓸 수 있는 날이

언젠가는 올 거야.

나약한 사람이라 상처받는 게 아니다

07

일상의 행복

원하는 걸 가까이에 두고도 멀리서 찾을 때가 있어.

꿈을 쫓는 사람을 보면
너무 행복해 보이는데
그 한편으로
'나는 왜 그러지 못했을까?'
후회와 자괴감이 들기도 해.

내 인생은 너무 평범하기만 하고
재미도, 감동도 없다고 생각했지.

하지만 말이야
그렇다고 내 인생을
그저 감흥 없다는 말 한마디로
가둘 수 없는 거야.

심장이 미친 듯 뛰고
정욕이 터질 듯한 것만이
사랑은 아니듯
무미건조한 평범한 일상에서
행복을 느끼는 사람도 있어.

아무리 특별해 보이는 사람도 그래.

가까운 곳에서 행복하지 않으면
아무리 특별해도 행복할 수 없더라.

그건 나도 마찬가지였어.

나약한 사람이라 상처받는 게 아니다

평범하다는 말로 나를 낮추고 싶진 않아.

평범함을 추구한다고 해서

소중하지 않다는 건 아니고,

행복할 수 없다는 건 더더욱 아니야.

이 세상에 존재하는 나는 단 한 사람뿐이니까.

08

인생은 마라톤

앞서 가든 뒤에 가든 조바심 내지마. 언젠간 나도 도착하게 될 거니까.

남들은 다 앞서가고
나만 뒤처지는 것 같아서
자괴감이 들기도 하고
자책도 수없이 해봤지.

하지만 그럴 필요가 없는 것 같아.

인생은 마라톤 같은 거잖아.

나약한 사람이라 상처받는 게 아니다

초반에 너무 열심히 달리다보면
지쳐서 천천히 달리게 되고
또 너무 뒤처지다보면
따라잡기 위해 힘을 내기도 해.

결국은 결승선에서 모두 만나게 돼.

나만 뒤처진 것 같아 불안해할 필요 없어.
인생은 장거리 달리기야.

먼저 온 사람도 나중에 온 사람도 한 인생이야.

그러니 너무 조바심 내지 마.

나는 내가 만든다

불안해하는 것도 그것을 없애는 것도 나만이 할 수 있는 일이야.

어릴 때는 '이 정도면 된 거'라고
나 스스로를 다독이며 살았어.

나이를 더 먹어보니 알겠더라고.
나를 다독거리던 그 지점이
시작점이었다는 걸.

거기서 더 분발했어야 했는데

나약한 사람이라 상처받는 게 아니다

거기서 멈추고 만 거야.

'겨우 나 정도' 밖에 안 되고 말았지.

불안과 자괴감에서 벗어나고자

이 정도면 됐다고 나를 속여 왔던 거야.

나 자신에게 관대하면 안 되는 거였는데.

남에겐 관대해도 내겐 좀 더 치열했어야 했는데

그랬으면 '겨우'는 면했겠지.

불안해하는 것도, 그것을 없애는 것 것도

나만이 할 수 있는 거였는데

이전에는 그걸 몰랐어.

하지만 이제는 그러지 않으려고.

10

느긋하고도 치열한 일상

다가올 성공을 기다리며 행복하게 살아가는 거야.

현실이라는 두 글자에 나를 두면 몸은 편하겠지만

마음 한켠에는 미련이 남을 거야.

성공한 사람의 후기는 많은데

실패한 사람은 목소리를 내지 않아서

오직 나 혼자만 실패를 겪은 듯

급격히 움츠려들 수도 있어.

나약한 사람이라 상처받는 게 아니다

하지만 성공은 실패 없이는 이룰 수 없어.

성공한 사람은
누구나 한번쯤 실패를 겪었어.

내가 겪은 지금의 실패는
성공하기 위한 과정일 뿐인걸.

실패 속에서도
마음껏 고민하고
마음껏 도전하고
마음껏 살면
나 또한 언젠가는
성공한 삶을 살 수 있을 거야.

나는 절망하지 않아.
하루하루의 일상을 느긋하게 또 치열하게 살 거야.

11

재능의 유무 문제가 아니야

내가 하고 싶은 걸 하겠다는 믿음이 중요한 거야.

나이를 먹을수록

꿈이나 이상보다 현실을 떠올리게 되고,

현재를 사느라고 미래를 기약하지 못할 때가 있어.

그런 나를 보고 누군가는

몸의 고됨은 얼마든지 이겨낼 수 있는데

왜 그리 나약하게 사냐고 말할지도 몰라.

나약한 사람이라 상처받는 게 아니다

하지만 사람은 기계가 아니야.

열정이나 노력만 갖고

서둘러 꿈을 향해 달리면 지쳐버려서

꿈이 기억나지 않게 되어버리고

결국 나는 재능이 없었다는 말과

어쩔 수 없었다는 생각으로 체념하게 돼.

물론 현실을 살아가는 과정에서

꿈이 바뀌거나 포기할 수도 있지.

생각이 변할 수도 있어.

후회도 할 수 있겠지.

하지만 적어도 과거의 꿈을

추억으로 남기고 싶은 사람은 없잖아.

두고두고 미련으로 남기고 싶은 사람도 없잖아.

이루지 못한 꿈을

재능이 없어서라는 말로 포기하지도 말자.

나에게 제일 중요한 건

재능이 있고, 없고의 문제가 아니라

내가 꿈꾸는 것을 할 수 있다는 믿음이니까.

나약한 사람이라 상처받는 게 아니다

12

인생 아마추어

인생 1회 차라 잘은 모르지만 괜찮아. 인생에 프로인 사람은 없잖아.

때로는 생각처럼 되지 않는 삶이
힘들고 고달프게 느껴지기도 해.

하지만 윤여정 배우의 말씀처럼
누구에게나 인생은 처음이기에
그저 어려울 수밖에.

오랜 삶을 살아온 사람들도 어려운 게 인생이니

짧게 살아온 나는 어려운 게 당연한 거야.

그러니 누군가가 나에게
왜 그리 사냐고, 어찌하려 그러냐고 물으면
나는 당당하게 모르겠다고 말하려고 해.

누군가는 아마 무책임하다고 말하겠지.
하지만 인생은 직장생활이 아니잖아.
직장에서는 자신의 직위만큼 알아야 하지만
인생살이는 사는 만큼 직위가 주어지는 게 아니야.

직업에는 프로정신이 필요하겠지만
우리는 소설에서 나오는 인생 2회 차가 아니잖아.

인생에 정답은 없고
모두가 아마추어일 수밖에.

비겁하게 외면하거나

나약한 사람이라 상처받는 게 아니다

모르는 대로 살겠다는 건 아니니까
괜찮지 않을까 싶어.

답 없는 인생에서
내 인생을 책임질 수 있을 답을 찾으며
살아가려고 해.

힘은 희망을 가지는 이들에게 있고,
용기는 속에 있는 의지에서 일어나는 것이다.
_펄벅

5장

너라서 다행이야

01

가면 쓰지 마

가면을 쓰면 꽃밭에서 살 수는 있겠지만 마음을 얻을 수 없을 거야.

올바르게 살라 배우고

열심히 살라고 배워서

때로는 힘들고

때로는 지쳤지만

아득바득 버텼는데

세상은 배움과는 달라서

올바르게 살려하니

나약한 사람이라 상처받는 게 아니다

불의에 눈 감아야 할 때가 있더라.

불의에 입을 열면

열심히 살 기회를 갖기 힘들 때도 있더라.

그래서 나는 서로 다른 몇 개의 가면을

상황에 따라 이것저것 바꿔 쓰곤 해.

좋은 가면이 될 때도 있고

나쁜 가면이 될 때도 있고

후회되는 가면이 있기도 했어.

가면을 쓴 후 인생은 무난하게 흘렀지.

하지만 진심은 그 어디에도 없더라.

가면은 가면이더라고.

가면 쓴 나를 진심으로 대하는 사람도 없고

내가 진심을 말할 수 있는 사람도 사라졌어.

그래선 안 될 것 같아서
앞으로는 가면을 쓰지 않으려 해.

상처 받을 수도 있고
비난 받을 수도 있겠지.
그래도 진심을 주고받고 싶으니까
가면을 쓰고 도망치는 일은 하지 않을 거야.

나약한 사람이라 상처받는 게 아니다

02
—

잘하고 있어

그러니까 걱정으로 시간을 때우지는 마.

성인이 되면
뭐든지 다 괜찮을 것 같았고
아무런 걱정이 없을 줄 알았는데
성인이 되고서야 알았어.

성인이라고 걱정이 없고 다 괜찮은 게 아니란 걸.
성인이라는 이유로
다 견디고 있었을 뿐이라는 걸.

남들 다 그렇게 사는데

나라고 다르게 살 수가 없어서

나도 꾸역꾸역 버티고 있었던 거야.

어릴 때는 몰랐던 것들을 알게 되면서

걱정은 늘어만 가더라.

세상의 무언가를 변화시킬 수 있기는커녕

내 자신이

아무런 가치도 없는 것 같아서

그저 슬프기만 했어.

하지만 무력하게 걱정만 하는 내가 되기는 싫었어.

세상을 바꾸는 것도

세상을 살아가는 것도

무수히 고민하고

무수히 방황하며

무수히 걱정하는 사람들의 것이야.

나약한 사람이라 상처받는 게 아니다

나는 정해진 톱니바퀴 속에서

살아가는 게 아니라

뻔한 걱정을 하는 게 아니라

하루하루를 잘 살아가기 위해

고민하고 방황하고 걱정하는 거잖아.

나뿐 아니라 다른 사람들도 다 그래.

그러니 나만 그렇다고 자책하지 않을래.

03

감당할 수 있는 경험

잠깐 실수한 걸 실패했다고 생각하지 마.

잠깐 넘어지거나 실패했다고
절망하지 마, 좌절도 하지 마.

나무가 가뭄이나 홍수를 만나면
성장을 멈추고 나이테라는 흔적을 남겨.
그것처럼 나는 그냥
감당할 수 있는 경험을 했을 뿐이고
나이테를 만들어가는 것일 뿐이야.

　　　　　나약한 사람이라 상처받는 게 아니다

나무에게 있어 나이테란

외부의 압력, 혹은 시련의 흔적일 뿐일지도 몰라.

그래도 나이테가 모인 나무의 결은

아름다운 물결무늬가 되어 고가에 팔리지.

내 아픔이, 고통이, 좌절이 쌓여갈수록

나 역시 귀하고 고귀한 사람이 될 것이라 생각해.

외부의 압력, 혹은 시련으로 잠시 멈출 수는 있겠지만

한 그루의 나무가 모든 역경을 이겨내고 자라듯,

사람도 그 모든 것들을 이겨내면

단단하고 아름다운 사람이 되는 게 아닐까.

사람은 자신이 가진 상처만 눈에 들어오고

스스로 갖지 못한 것에 대해서 분노하고 시샘하지만

나는 나무처럼 좌절과 절망에

쉬어가기를 반복하며 쉬엄쉬엄 살 거야.

동백꽃은 2월에 피고

개나리는 4월에 피고

구름패랭이꽃은 7월에 피어나듯이,

일찍 피는 동백 같은 사람이 있는가 하면

한여름이 되어서야 피는 구름패랭이꽃도 있는 법이잖아.

꽃을 닮은 사람만이 아니라

가을에 제일 예쁜 단풍나무 같은 사람도 있는 거잖아.

그러니 나는 시기(猜忌)하지 않고,

꽃을 피우는 시기(時機)가 다른 것을 인정할 거야.

그저 시기의 차이일 뿐이라는 걸,

지금은 내가 피어나기 전이라는 걸,

누군가는 활짝 피어나고 있다는 걸 인정하려 해.

그렇게 나는 나대로, 다른 사람은 다른 사람대로

나약한 사람이라 상처받는 게 아니다

각기 다르다는 것을 인정하면

다시 나아갈 수 있는 원동력이 될 테니까.

내 인생의 답은 내가 찾아야지

어떤 대단한 사람도 자기 인생의 답은 모른다.

나는 분명 어른들께
올바른 길로 열심히 살라고 들었는데
참 이상하지?

열심히 살려고 하니
올바르게 살기가 힘들고
올바르게 살려고 하니
열심히 살 기회가 없더라.

올바르게 입바른 소리 좀 할라치면 욕을 먹고

열심히 좀 살라고 하면 독하다고 욕을 먹고

이래저래 욕만 먹었지.

어차피 욕먹을 거

하고 싶은 대로 하며 살아가려 해.

인생은 수학문제가 아니잖아.

내 인생의 정답은 내가 만들어 가려고.

나만의 평범함이 있다

나답게 살자. 비록 평탄하지 않더라도.

나는 하고 싶은 게 많은데

넌 대체 왜 그러냐고

남들처럼 평범하게 살아야 평탄하다지 뭐야.

그 말이 처음에는 야속했어.

다음에는 그만하라 싸워도 봤지.

나중에는 피하게만 되더라.

나약한 사람이라 상처받는 게 아니다

나를 위해 한 말이라는 걸 아니까.

하지만
남들과 다르다고 평탄하지 않은 것도
행복하지 않은 것도 아니야.

나는 그냥 나다운 게 제일 행복하니까
절대 남을 따라하는 삶을 살지는 않을 거야.

06

소중한 나니까

아무리 대단한 사람도 나보다 소중하진 않잖아.

특별해 보이는 사람을 보면

내가 너무 초라해 보이지만

특별해 보인다고

그 사람이 나보다 더 소중한 건 아니야.

그 사람이 나보다 더 대단한 건 더더욱 아니야.

그냥 나보다 먼저 꿈을 이룬 것뿐이고,

그냥 나보다 먼저 꿈을 이뤘다는 게

나약한 사람이라 상처받는 게 아니다

부러운 것뿐이야.

제아무리 특별해 보이는 사람도
나보다는 특별하지 않아.
나에게 가장 소중한 건 나야.

아무리 누군가가 대단하고 멋져 보여도
내가 가장 사랑해야 될 사람은 나야.

나는 그냥 그렇게 생각하려고.

사고를 '당한 게' 아니라
사고를 '만난 거야'

관점이 다르면 상황도 변화시킬 수 있다.

나는 현실에 만족하지 못하는 사람이야.

더 나은 사람이 되고 싶다는 이유로
스스로를 발전시킨다는 이유로
무엇이든 열심히 했지.
덕분에 주변에서 대단하다고 추켜세워지기도 했어.

하지만 허무하고 욕심만 커지더라.

나약한 사람이라 상처받는 게 아니다

그 욕심의 끝은

나에게 일어났던 사건사고 따위를 원망하고,

지나간 일에 집착하는 것이었어.

나는 그렇게 스스로를 좀 먹어 갔지.

'왜 나한테만' 하는 생각에

분노가 내 정신을 온통 지배하기도 했어.

많은 것을 앗아갔다고만 생각했지.

하지만

아무런 사건사고 없이 만족만 하고 살았다면

나는 성장하는 사람이 되지 못했을 거야.

그래서 앞으로는

사고를 '당했다'고 생각하지 말고

스스로를 단련하는 과정에서

사고를 '만났다'고 생각하려 해.

다른 것을 더 갖기 위한 욕심을
'성실'이란 말로 포장하지 않으려 해.

나는 만족할 줄 아는 삶을 살고 싶으니까.

나약한 사람이라 상처받는 게 아니다

08

안 되는 건 빨리 접어

억울하다고 남을 찌를 수는 없는 거잖아.

어릴 때는 안 되는 걸 붙잡고
왜 나만 안 되는 거냐고
나쁜 마음을 먹었어.

그저 화가 나고
또 화가 나서 견딜 수가 없었지.

그런데 말이야,

어느 샌가 나는 화를 내지 않게 되었어.

남들은 할 수 있는데 나만 할 수 없는 걸
누구나 한 가지는 가지고 있더라고.
그걸 알게 되니까
안 되는 것들을 굳이 붙잡고 있으면서
화를 낼 필요가 없다는 걸 깨달았어.

남들이 할 수 있는 걸 나는 할 수 없어서
그게 너무 싫고 억울할 수는 있겠지.
짜증이 나서
누군가에게 공격성을 보일 수도 있어.

하지만 남들이 하는 걸 내가 할 수 없다는 게
남을 공격할 수 있는 권리가 되거나
화를 낼 권리를 갖게 되는 건 아니잖아.

부족한 것에 집착하느라

나약한 사람이라 상처받는 게 아니다

화를 내거나 원망을 하고
타인을 찌르지 않을 거야.

09

희극이든 비극이든 결정은 내가

내 인생은 내 것이니까.

세상 모든 일에 내가 개입할 수 없는 일이고

개입하고 싶지도 않아.

모든 일의 결말을 내가 결정할 수도 없고

내가 결정해서도 안 돼.

어떤 일은

이야기가 시작된 순간

결말을 향해 가는 경우도 있어.

비극이든, 희극이든
스스로 결정할 수 있다면
그걸로 된 거야.

다른 사람의 일에 간섭하려 들지 말고
내 일에 집중해.

내일이 희극이 될지 비극이 될지
결과는 아무도 몰라.

그 내일을 향해 나아가는 사람은 나니까
비극이 될지 희극이 될지 결정하는 것도
온전히 내가 하고
온전히 내가 책임지려고.

내 행복은 내 시선에 맞추자

남의 시선으로 내 행복을 재단하지 말자.

자본주의시대에 살고 있으니

내가 무언가를 선택할 때에

경제적인 요소가 고려되어야 한다는 걸 알아.

그럼에도 '돈 안 되는 꿈'을 꾸게 되더라.

내가 지금 이럴 때인가 싶어서

스스로의 어리석음을 탓하고

나약한 사람이라 상처받는 게 아니다

스스로의 사치스러움에 혀를 차기도 했어.

하지만 기회비용은 경제학에만 있는 게 아니라
우리네 인생에도 있잖아.

누군가는 금전을 중요시하고
누군가는 명예를 중요시하며
누군가는 일과 가정의 양립을 중요시 하듯
삶에는 정답이 없어.

직업을, 꿈을 선택할 때도 마찬가지야.

우리의 선택은 누군가가 볼 때는
정말 별것 아닌 것 같고
사치스럽게 보일 수도 있고
손가락질을 받을 수도 있겠지.

하지만 누군가가 자신의 시각으로 나를 바라보듯이

나 역시 나의 시선으로 선택해야지.

'가다보면 되리라'
꿈과 믿음만으로 가는 길은
때로는 좁고 멀게만 느껴질 거야.

그래도 남의 시선에 나를 맞출 생각은 말고
그냥 내가 원하는 삶을 살자.

남이 시선에 맞춘 삶을 산다고 해서
내가 행복해지는 건 결코 아니니까.

11

생각하는 대로의 삶

힘들게 사는 지금을 생각하지 말자.

남들과는 달리
나답게 살아가겠다는 생각에
나다운 꿈만을 향할 때가 있었어.

하지만 모든 꿈을 이룰 수 있는 건 아니었고
세상은 내 마음대로 되지 않았어.

그때 알았지.

남들과 달리 나답게 살아가기 위해

나 자신을 드러내는 게

얼마나 힘든 것인지를 말이야.

나의 지금이 힘들 수도 있어.

못 견디게 괴로울 수도 있고

미칠 듯이 절망적이어서 포기할 수도 있어.

그렇다고 내가 가진 생각마저

절망적이면 안 되지.

지금 사는 대로 생각하지 말고

생각하는 대로 살아야 하니까.

비록 지금은

현실이 참 시궁창 같다 생각할 수 있어.

하지만 앞으로 살아갈 날들은

나약한 사람이라 상처받는 게 아니다

절망적이기보다는 희망적일 것이라고 믿자.

내 머릿속이 꽃밭이라고 비난해도
언제나 좋은 일만 생각하며 살 거야.

12

나약한 사람이라 상처받는 게 아니야

살다 보면 그럴 때도 있는 거지.

거짓말을 했어.

괜찮지 않은데
괜찮은 척, 아무렇지 않은 척
스스로를 속이고 타인도 속였지.

언제나 괜찮을 수도 없고
언제나 괜찮을 필요도 없는데.

괜찮지 않은데

괜찮은 척, 아무렇지 않은 척

나 자신을 속이거나 타인을 속이는 일은 이제 그만.

괜찮아도, 괜찮지 않아도

전부 다 괜찮아.

그냥 살아가다 보니 상처받을 일이 생겼을 뿐,

나약한 사람이라서 상처받는 게 아니니까.

어떻게 해야 될지 몰라 방황하는 내가 감히 당신에게

인생에는 정답이 없다는 걸 알면서도
성공했다는 누군가의 인생이
정답인 것마냥 따라가면
자꾸 상처만 받는다.

그 상처가 계속되니 스스로의 나약함만 눈에 밟힌다.
그게 싫어서 괜찮지 않은데 괜찮은 척하기도 한다.

우리 모두는 그런 경험이 있다.

아무리 대단한 사람도

나약한 사람이라 상처받는 게 아니다

한 번쯤은 그런 경험이 있다.

부족해도 괜찮고,
거절해도 괜찮고,
찌질해도 괜찮으며,
더뎌도 괜찮다.

어떻게 해야 할지 몰라 방황하는 내가
감히 당신에게 말하건대
부족하고, 거절이 힘들고, 찌질하고, 더뎌도.
인생은 나아간다.

**우리는 나약한 사람이라 상처받은 게 아니라
나아갈 사람이라 상처받은 것뿐이다.**